U0032674

# 董事長，愛說笑

## 品味生活，快意人生

王品台塑牛排館 董事長
**戴勝益**—著

# 嚴長壽　有話要說

　　在企業界，戴勝益先生應該算是個異類，他生活單純，不交際應酬，亦不打球、不抽煙、不喝酒，除了關心事業，平常最大的嗜好就是接近大自然，因為他說：「大自然沒有情緒、沒有蒙蔽、沒有虛假。」大自然給他啟發，也給他無比的快樂。

　　用簡單易懂的小故事敘說人生的道理，戴董事長算是充分掌握現代人的學習傾向。

亞都麗緻飯店總裁　嚴長壽

# 聯經總編輯
## 第一次拜託人家出書

戴勝益，既不靠稿費收入，也不靠演講收費。所以，他就沒有任何出書的動機，連請他寫個自序也推三阻四。

戴勝益，王品台塑牛排館負責人。賣牛排，兼賣自己「大快」人生的哲學與經營理念。

他「好吃懶做」，一個月有半個月在放假，放假的時候做的事情又比上班多：爬山、閱讀、看樹葉浮動、凝視清風拂過……

自稱從沒想過出書，每周在事業體「中常會」的開會備忘錄，卻字斟句酌、饒有深意的訂成一本本的「戴語錄」。

這麼臭屁又閒閒沒事做的人，員工不減反增，事業越來越有規模，居然「成功」了，可見台灣處處是奇蹟。

# WHO IS 作者

他，主持會議時，沒有八股教條，都在講
故事。

他，私下聊天時，沒有正經八百，都在講
笑話。

他，IQ看似正常，但切入問題角度，卻很
另類。

他，明明是公司最閒的人，卻辯稱授權徹
底。

他，台大中文系畢業，卻錯別字百出。故
本書若有錯字，責任不在打字小
姐，而在原作者。

他，本書作者，戴勝益，王品台塑牛排館
董事長，誠懇而浪漫，感性又好
玩。

CONTENTS  目次

# 鹽

　　偶爾下廚房煮消夜，常忘了在湯裡面加鹽巴。結果再好的食物都變得淡然無味了。

　　一鍋湯只要加入一匙鹽巴，湯就變得鮮美甜口。

　　鹽本身是鹹的，但適當的鹽巴入湯後，湯頭卻是甜的。

　　假如你把過量的鹽巴放進湯裡面，湯就會變得非常的鹹，難以入口。

適當的財富，可讓我們生活舒適，
享受人生。

過量的財富，卻讓我們生活在恐懼不
安的日子，失去了人生的自在安全。

適當的嘉許，可讓我們肯定自我，
幹勁十足。

過量的讚美，卻讓我們驕縱意氣、
自大狂妄。

適當的自由，可讓我們生活愜意，
品嚐生活。

過量的自由，卻讓我們無法無天，
胡作非爲。

# 蝴蝶

蝴蝶體態曼妙，舞姿輕盈，身軀華麗，幾乎是美麗仙女的化身。

但令人難以置信的是，蝴蝶的前身居然是人見人怕的毛毛蟲。毛毛蟲在經過數周的生長之後，便會吐絲成繭把自己包住。毛毛蟲在繭裡面化成蛹，有力量破繭而出的蛹，就是飛翔於天空中美麗的蝴蝶了。

在林中漫步時，若稍加留意，便可看見很多繭本身並沒有突破，可見很多的蛹因體質不佳，無法破繭而困斃其中。

人類社會亦是如此。「碰到瓶頸能突破的人」、「遇到困境能克服的人」、「遭到難題能擺平的人」、「身心絕望能度過的人」，才會成功。否則便如無法破繭的蝴蝶，自困自閉了。

# 竹子

　　竹子是空心的，不像其他樹木是實心的。空心的竹子很容易就折斷，所以它們的生長情形，就不像其他樹木需要有一定的距離間隔才能生存。竹子是一大叢糾纏生長在一起的，所以它們不怕狂風暴雨，永遠有其抵抗風雨的本錢。

　　又因為竹子一大叢生長在一起，所以每一根竹子便必須在最快的時間內抽高自己，否則便無法在一叢竹子當中找到安身立命之地。這也是它們中空的原因了。因為它們無暇自己生長成實心。

竹子糾纏在一起生長，以抵抗風雨，是一種共生的行為，畢竟團結力量大。而竹子的中空生長，則又是在競爭之下的自立行為。它若沒有比別人早一步向上竄出，便沒有生存的空間。

　　竹子社會，既競爭又團結。既互相排擠又互相需要，像極了群居的人類。

　　想想自己，你自立的條件是什麼？你合群的態度又如何？

# 爆米花

　　小時候最期待的是：爆米花的商人到村莊來爆米花。

　　於是小孩子們都會興奮的從家裡掏米來等候爆米花。

　　爆米花的機器是個鐵罐形的容器。先把米倒進機器內，再把開口封住，然後在容器下加火加熱，直到把容器內的米粒高溫燜爆為止。因為容器不斷的加熱，於是在裡面形成高溫高壓，在30分鐘要打開封口，否則容器便有炸開的危險。

任何問題的處理也都和爆米花一樣。碰到問題若沒有適時妥善解決，則其經過日積月累的積壓效應，終究是要爆發出來的。

　　問題是隱藏不住的，延後揭露的結果是：把簡單的問題變得複雜，把普通的問題變得棘手。

　　給您一個良心的建議：邊吃爆米花邊思考這個爆米花的問題。

# 燜燒鍋

燜燒鍋其實是中國人發明的。

因為它的前身就是焗土窯。焗土窯是把泥土燒燙，再利用泥土的溫度把食物燜熟。

燜燒鍋是用火候把食物加熱至100度。然後把100度高溫的食物倒進隔熱絕緣體的不銹鋼瓶內。

鋼瓶本身是沒有溫度的，但是它能隔離食物溫度的外傳。

於是100度高溫的食物在鋼瓶內，便互相把對方煮熟了。

食物可以把食物燜熟，真是神奇！

一個有強烈使命感的團隊、一個有堅定信仰的團體、一個有文化理念的公司、一個有團結合作的家庭，就像是一只燜燒鍋，它能夠讓每一位成員互相學習、互相激勵、互相啓發。一個散渙零亂的團體，成員間絕對是互相猜忌、互相攻訐、互相墮落、互相抵銷力量的。

　　把自己放入容器之前，先檢查看看：我們要進入的是燜燒鍋，還是破鐵桶呢？

# 釣魚

　　每當看到魚池邊的釣客，便會肅然起敬，因為他們是人間的生活哲學家。

　　釣魚的人，總是把每條釣線繫上數個釣鉤，鉤上掛滿了餌。遠洋漁船的每條釣線，更有數百個釣鉤，一齊等待魚兒上鉤。

　　假如有人每條釣線只掛一個鉤兒，那麼他的收穫便會相形減少。成績自然比別人差了。

我們處理每件事情就跟釣魚一樣，目標只有一個，但卻需有多方面的投入與全方位的努力，才會有較多的收穫與成功的希望。

# 綠豆

綠豆湯是很多人最愛的甜點之一，而且方便烹煮，在郊外烤肉露營時，常以綠豆湯為飯後甜食。

綠豆經過採收曬乾後，只要無外力破壞便可保存百年以上，在這百年期間，綠豆看似死的，其實它是活的，它以極大的耐力去保住自己的生命力。

曾有考古學家在千年古墓裡找到一顆種子，經過水分與陽光的滋潤培養，居然發芽長出千年以前的植物來。

在失意時、在不得志時、在心灰
意冷時、在對人生絕望時，能有綠豆
的耐力嗎？

　事業在低潮時、在艱困時、在內
外夾攻時、在快要生存不下去時，能
有綠豆的隱忍存活決心嗎？學學綠豆
吧！

# 退潮

　　暑假期間，又有不少孩童到海邊玩，因不諳海邊地形深淺，而喪命於無情的海水當中。

　　當海水漲潮時，你只能看到海水的表面，根本無從知悉沙灘的深淺。只有在退潮時，才會看清高低不等的海邊地形。

當一個人志得意滿時，根本看不出他的實力與修養。只有在他最失意落魄的時候，才能真正洞悉他的耐力與人格。

　　當一個公司行大運時，根本看不出該公司的效率與基礎。只有在該公司碰到困境時，才能看出其潛力與實力。

　　去沙灘走一圈，看看潮起汐落，定有所獲。

# 河流

　　台灣是海島型的氣候，所以有很多河流。又因為有很多河流，所以就必須建築很多的橋樑，以作為交通。

　　大部分的河流都有相當距離的寬度，例如：大甲溪、大安溪，其寬度都超過1公里但是當我們開車經過大甲溪橋與大安溪橋時，一定會發現：「溪流何其寬，但水量卻何其少。」

　　我們不禁要問：這麼少的水流量，幹嘛需要這麼寬的河床與這麼長的橋樑？

　　答案就是：下大雨或颱風天時，其上游的水量巨大無比，沒有如此寬廣的河流，無法消化山區衝流下來的洪水濤浪。

一個人也需要有相當廣泛的涉獵與修養，才能有足夠的能力來應付日常生活與工作的需求。舉凡「生活技能、處事技巧、為人態度，甚至文學、藝術、音樂、語言、電腦、體育、休閒」等等，均需有所瞭解與學習，否則便會在生活上產生不利與不便。

　河流越寬大，便越能應付疾風大雨、洪水爆發。

　學習越寬廣，便越能使我們的生涯規劃，脫穎而出。

# 備胎

　　購車時，看到備胎是很小的輪胎，與正常的四個輪胎差異甚大。便問車商原因。車商說：「車廠怕你把備胎長期當正胎使用，則你的破胎便會疏於修補。萬一再破一個輪胎，那你就沒救了。」

人們碰到問題往往便宜行事，把臨時性的救急方案，當作常態性處理。結果再發生問題時，就沒有取代方案了。

公司發生問題，往往緊急輸血來解決，但輸血一旦成習慣而不思反省，則輸血久了便貧血，久而久之，公司便不存矣！

# 筷子

　　有一次請客人用餐時，不小心掉了一支筷子，因為餐廳的服務生剛好不在，所以我便試著先用一支筷子吃飯。結果，超出想像的困難，幾乎可以說：根本不可能用一支筷子吃飯。

　　用一雙筷子吃飯，不管是夾菜、挑肉、撕魚、撿豆或扒飯，都輕而易舉。但少了一支筷子，就什麼都吃不到了。

　　理論上來說，用一支筷子吃飯，應該能夠吃到正常用餐量的一半，但事實並不然，一雙筷子的功能若是100，則一支筷子的效率便是0，而不是50。

若火車鐵軌少了一條，則火車不是
速度減半，而是寸步難行。
有才無德，則其才不是發揮一半，
而是毫無作用。
有企圖心而無周圍人的配合，則此
企圖心便成幻想。
有執行力而無毅力恆心，則其執行
力只會空留笑柄。

不妨先試著用一支筷子吃飯看看。

# 撲滿

　　記得小時候的撲滿是用竹筒做的，因當時所能得到的零用錢非常有限，所以存了數年仍未把竹筒填滿。到後來為了買新衣，也不得不把撲滿剖開了。

　　當時感到存錢是一種喜悅，因為有累積的成就感，但是當要破竹筒取出所有的銅板時，那種不捨的失落感，幾乎要讓赤子的我掉眼淚，真是記憶深刻。

儲蓄竟比花錢快樂。WHY？因為快
樂是一種心裡的踏實感與安全感。
花錢並不會得到快樂，只能讓不平
的心理得到暫時的平衡罷了。
節儉儲蓄的人反躬本性。浪費縱慾
是被社會帶壞的反動態度。

每當培養出一種好習慣時，千萬不要
中斷，否則從頭再來，難如登天。
撲滿是讓自己反璞歸真的訓練與培
養。


　　買個撲滿，來試試自己的恆心與
毅力！

# 跳恰恰

恰恰舞是極為普遍的交際舞蹈，進七退七，簡單易學。恰恰舞跳得好的人，往往渾然忘我，陶醉在你進我退、我退你進的旋律裡。

我們若身為旁觀者便會發現，恰恰舞之所以優美忘我，實是因為它是互動的關係。倘若有一方進退失據，另一方也必然腳步大亂。

人際關係如同跳恰恰，互動關係之密切，較恰恰有過之無不及。我們希望別人怎樣對待，便要先如此的對待別人。

否則絕對無法得到相對的回應。

聰明的人想得通，所以他會予人方便，到處拉人一把、放人一馬。於是他便成了萬人迷了。難怪這種人的人際亨通、事業順利。

嗨！MY FRIENDS，晚上去跳恰恰好嗎？

# 刺蝟

　　刺蝟在平常時，看起來像一隻雞毛撣子。但是當牠發怒、恐懼時，牠的刺便全身豎立，活像一個插滿大頭釘的皮球。沒有一樣動物敢靠近牠。

　　刺蝟的刺有毒，被刺到的動物非死即傷。有人或許要問，牠為什麼不全天候的把刺張開豎立，那牠不就天下無敵了嗎？

　　這裡告訴您答案：刺蝟豎毛嚇敵的時間越久，牠的心臟負荷就越大，終會很快暴斃而死的。

人也是一樣，「在我們失去理智盛怒時，在我們不顧一切抓狂時，在我們發瘋打算玉石俱焚時」，這一刻我們都會占上風的。因為此時大家都唯恐延禍致己，先避開為妙。所以此時的占上風並不代表我們的勝利，而是表示我們的悲歌即將到來。

我們若永遠都在盛怒、永遠都在抓狂、永遠都在發瘋，我們就會像是一隻終日豎毛的刺蝟，不需要對手來消滅，就會自行滅亡。

控制自己的情緒，是求生存的第一課。

# 四不像

　　東北有一種動物，叫做四不像，牠有「鹿角、馬頭、驢身、牛蹄」，牠看來有著四種動物的特色，但卻徒具其表。

　　牠有鹿角而不能鬥敵，有馬頭而不能遠視，有驢身而不能負重，有牛蹄而不能久行。所以這種動物快要絕跡了。

有些人在學習別人的過程中，只看到皮毛，而不見裡肌。

有些人尚未學到別人的特色，就先拋棄了自己的特色。

有些人吃碗裡，望碗外，永遠都覺得別人的工作比自己的重要。

# 2000m & 20m

從2000m高的飛機上掉下來，難免一死。

從20m的五層樓上掉下來，也是一死。

有人或許要問，高度差了1980m，為什麼同樣一死呢？

原因是：20m就夠讓人致命了。就如同1c.c.的殺蟲劑可以殺死蚊子，那麼10c.c.的殺蟲劑，當然也可以殺死蚊子。

人的缺點也是一樣，只要20分的缺失就足以讓人一敗塗地了，更遑論2000分的缺失？這如同五十步笑百步的舉止一樣的荒謬。

　　當我們把缺點從2000分改進到20分時，請勿自滿自得，否則也是功虧一簣。當我們只剩20分的缺失時，只要它是致命的，它同樣是讓我們無法生存的。

　　因此2000m等於20m。止於至善，方見成效。

# 開車

　　當我們開車，忽然碰到濃霧時，你是用遠燈或近燈？

　　如果是用遠燈，以為遠燈照得亮，照得遠，那就錯了。

　　正確的答案是：用近燈。因為遠燈照在濃霧上，仍是一大片霧煞煞，無濟於事。近燈可照亮近距離的路面，並可使路中間的反光金屬片反光，指引前進的方向。

碰到難題時，就事論事的解決問題就對了。有些人碰到問題，不敢去面對，一直想逃避，於是提出不著邊際、打高空的解決之道。當然，這些解決之道的提出，讓他更看不到問題點了。

# 跑籠子的松鼠

以前的鄰居養有一隻松鼠。他把松鼠圈在轉動的鐵絲籠內。松鼠只要向前跑，鐵絲籠便不斷的旋轉，松鼠永遠都在原地打轉，無法前進。

松鼠跑鐵絲籠是很殘忍的虐待動物行為。小時候不覺松鼠的辛苦，只覺得好玩。現在回想起來，真是於心不忍。

人也常常浪費時間在做同樣毫無意義的事，或永遠在重蹈相同的錯誤。以致終生像跑籠子的松鼠一樣，徒勞無功，甚至勞累困頓至死。

　　人的生命有限，時間寶貴。趕快把我們有限的時間，去做真正「有意義、開創性、積極性」的工作。否則，我們就像一隻跑籠子的松鼠，可嘆！可憐！

# 漣漪

　　丟一塊石頭到水裡，一定會起陣陣漣漪。大石起大波浪，小石起小漣漪。

依質量不減定律，你的任何作為一定會讓「對象或事情」引起反應的。

　　善行結善緣，惡行造惡果。執行者也是被回饋者，發球力道與彈球力量是一致的。

　　勿忽視漣漪效應，它的餘波蕩漾，既廣且久。

# 手表的指針

手表的表面除了1至12的數目字以外，便是時針、分針、秒針了。這三種指針都是由同一個中心點來旋轉運作的。

一個團體的分工運作，就很像手表的指針。其領導中心是不動的，但它所管轄的時針、分針、秒針則各司其職、各盡本事。

如果指針的旋轉中心故障，則時針、分針、秒針都將無法運轉。一個團體的領導人若有問題，則其團體必然是一團混亂的。

如果指針的旋轉中心沒有問題，而分針出現故障，則只要把分針換掉或修理，便會沒事的。就像團體中的某一個人無法勝任工作，便需把他換掉或糾正。

人往往無法正視「分工」與「勝
任」的意義，所以常怪罪別人，而不
去檢討自己。所以當你是領導者時，
切記要以身作則，才能帶動別人。當
你是被領導者時，切記要克盡職責，
才不會拖垮團體。

# 射擊

　　射擊的基本要領是「準點、準星、靶心」三點連成一線。

　　槍枝的準點與準星若不準確，則我們的子彈永遠打不到敵人。因為我們所瞄準的目標與子彈的彈著點，是有誤差的。

　　準點是我們的決心、準星是我們的能力、靶心是我們的目標，任何事情都必須透過「決心、能力、目標」的結合，才能夠發揮出執行的效果。

缺乏決心，則能力不能發揮，目標
無法凝聚。

缺乏能力，則決心就似誑語，目標
就像空中樓閣。

缺乏目標，則決心如朝露，能力如
行雲。

在成為狙擊手之前，先校正我們
的槍枝吧！

# 彈道

　　射擊手在瞄準目標時，人人都想中紅心，但是打靶成績，卻是少有人中了中心點。為什麼？

　　因為在擊發的那一剎那，只要槍枝角度相差0.1度，那彈著點就相差1公尺了，大砲的射擊差距更大，只要大砲的仰角相差0.1度，那彈著點就可能相差1公里了。

　　這就是古人所說的「失之毫釐，差之千里」的意思。

人的一生就是那彈道，在出發的
那一刻，就必須把握住人生的方向，
才不會誤入歧途。

　　人的決策也像那彈道，在計畫籌
備的當初，若有所閃失，其後果則會
產生令人無法相信的結局。

　　上層領導人，也像那彈道口，可
能只是一點點的偏差，但其所影響的
效應，則非常巨大。

　　單兵注意，出槍快轉槍面慢！

# 瓶頸

機智問答，您猜猜看！

一條直徑10公分的水管，在其中某小段只有3公分直徑的寬度。那麼此水管流通的水量是直徑10公分的水量還是直徑3公分的水量？

答案：3公分的水量。

相信您也答對了。Oh! What a smart!

瓶頸的英文叫"Bottle Neck"，指一切造成塞車，無法順利通過的地方。它讓之前、之後的努力都變成白費功夫。

我們周圍往往有很多能言善道、能力高強的人，但人生事業都一塌糊塗，豈不怪哉？

原因是他有10公分寬度的「能言善道、能力高強」，但卻配有3公分寬度的「個性偏執、器度狹隘」。因此，他所表現出來的成就，便是這3公分寬度的問題了！

我們的瓶頸是幾公分呢？趕快掘管暢通吧！

# 高爾夫球

　　打高爾夫的人，都知道開球用的球桿和力道，與果嶺推桿用的球桿和力道是不一樣的。同樣是「讓球進洞」的目的，但需交互運用各種不同的工具與方法，才能達成任務。

　　有人錯估情勢，用錯球桿。有人執迷不悟，使錯力道。

一個快樂且成功的人，一定是在
適當的時機找適當的人，用適當的方
法來達成適當的目的。

# 鼓號樂隊

每逢國慶日的下午，便會有很多學校的鼓號樂隊在總統府前廣場表演。聲勢如虹，令人振奮。

樂隊的數十名成員當中，行止進退井然有序。他們的行進方向、速度、腳步與節奏，看似根據在樂隊前頭的指揮。

其實，並不全然是這樣的。

樂隊成員的行進，一方面是追隨指揮者的動作；另一方面則是依照大鼓的節奏而前進。只要大鼓的節奏亂掉了，全樂隊的腳步和動作就會不知所措，紊亂成一片。

樂隊的指揮，就是一個團隊的制度與規章。

　樂隊的大鼓，就是一個團隊的經營理念與企業文化。

　制度與規章，指引著團隊的方向。

　經營理念與企業文化，則影響著團隊的群體合作與互動關係。

　沒有了指揮，則團隊無所適從。沒有了大鼓，則團隊自亂陣腳。

　我們需要指揮，也需要大鼓。

# 保險絲

　　家電用品若太多種類在同一時間使用，便很容易把保險絲燒斷，保險絲一斷，就會陷於全面停電的境地。

　　保險絲是以鉛線製成，鉛的熔點低，只要用電量一超過負荷，便會使保險絲發熱而斷掉。以前鄰居曾有人嫌保險絲易斷，為免更換麻煩，遂把鉛製的保險絲改為銅線，結果後來家裡因過度用電而失火了。

保險絲的設計，是讓負荷過重的電源有著一定程序的警告作用；人體的器官也有著同樣的警報系統，例如淋巴腺發炎就是發燒的保險絲。兩眼發熱就是頭痛的保險絲。這種人體的警告保險絲，就是提醒我們要注意自己身體健康的前兆。

　　事情枝節出現一些不妥的徵兆，千萬不要忽略它，因為它雖不是馬上會致人於死地，但是它卻是個警訊。

# 開窗

　　台灣的夏天炎熱，溼度又高，身在斗室之中，汗如雨下，真是奇悶無比。這時候，若把一扇窗子打開，但覺熱浪入侵，暑氣未減。但若把另面牆壁的另一扇窗子也打開，則馬上會有一股涼風襲來，叫人精神一振。

　　開一面窗子，只是室內外空氣有接觸，但未形成對流，所以室內空氣並沒有移動，所以無法產生「風」的涼意。

　　開兩面窗子，則室內空氣開始產生流動，於是清涼的感覺便來了

成就一件事情，皆是靠「構想、計畫、執行、更正」四個步驟來達成的。我們若只有「構想、計畫」的階段而無「執行、更正」的行動，是一個只開單面窗子的人。若要成功達成任務，「執行、更正」便是我們第二面窗子。

　開一面窗子的效果是10，開兩面窗子的效果則是100，它的效果是相乘的。

　不要忽略每一分努力，都是我們成功的關鍵。

# 游泳

夏天到了，徜徉在游泳池中，有如游魚般的自在，令人稱羨。

會游泳的人下水之後，如魚得水。只見其優雅的揮動四肢、緩慢的撥水前進，即能輕鬆自在的浮在水面上。

不會游泳的人進入水池中，即會四肢僵硬，猛力揮踢，有如世界末日、大難臨頭似的。

關鍵在於肌肉是否放輕鬆。

放輕鬆的四肢,讓我們用力極少,
遊刃有餘。僵硬的肌肉,讓我們精
疲力竭,越掙扎越沉溺。

想在水中輕鬆的游泳,需經歷學習
的過程。否則任何人未經學習,而
貿然跳入水中,必定是「緊張的四
肢,胡亂揮舞,然後沉溺」。

爲人處事亦如此,有些人張牙飛
舞、全身備戰、情緒高漲,但仍無
法處理好事情,反而把事情越弄越
糟了。

有些人談笑風生,神閒氣定,不慌
不亂,卻能把很棘手的事情從容搞
定。

# 水上摩托車

　　利用暑假期間赴泰國普吉島度假。最喜歡的活動便是騎著水上摩托車，奔馳於大海之中了。

　　水上摩托車的魅力在於它能快、能慢、可左、可右，完全受人掌握，尤其是碰到海浪時，那種上、下顛簸震盪的快感，無法言喻。有時候在海浪較高時，水上摩托車便容易翻覆，所幸穿有救生衣，也就無以為懼了。

　　後來，終於讓我抓到不翻車的訣竅：那就是，在你碰到大浪來時，千萬不要轉彎迴避。否則，海浪馬上痛擊你的側面，將你打落海中。相反的，要正面以對、集中精神、降低速度、迎接海浪的挑戰。等大浪一過，你又可以加速前進了。

我們在碰到困難時也是一樣，若你一遇到問題，便不敢面對，拼面逃避，那你終究會被困難打垮的。反之，你面對難題的態度，若能虛心以對、誠心處理、決不逃避，那你一定能逢凶化吉，徹底的把困難化解的。

　　人最大的問題，往往是逃避，而不是問題本身。水上摩托車都能了解解決問題的方法，我們當然也能了解。

# 花盆

花盆就如同古代女人的纏腳。花盆限制植栽的伸展，纏腳則限制腳掌的生長。

一棵在平地上可長到高及十丈的大樹，若將幼苗植栽在小花盆上，則此樹永遠是僅可供人欣賞的小盆栽，因為花盆的小環境限制了它的成長空間。

人的成長環境的挑選，生涯規劃背景的抉擇亦是如此，一個無法讓自己淋漓盡致的揮灑潛力與能力的企業，是不會成就自己的。

　　請自行思考兩件事：

　　1.自己是天生的巨木或天生的矮樹？

　　2.是否感覺目前的花盆不夠自己伸手伸腳？

# 紅綠燈

　　紅綠燈是人類的第一位「24小時警察」，它任勞任怨，風吹雨打，永遠不會罷工。

　　若主幹道的綠燈時間為60秒，支幹道的綠燈為20秒。則支幹道的紅綠燈時間便是與主幹道相反。依恰當的車流量來調整紅綠燈秒數，才能帶來順暢的交通。否則便是有害甚於有利了。

感情與理智的搭配，恩與威的分
際，公務與休閒的適時，理想與實務
的揉和；均需要適時適地的運用；過
則成害，不及則無助矣！

　　這個「適時適地的運用功夫」，便
是領導，也是藝術。

# 玻璃瓶內的蒼蠅

　　記得小時候的遊戲之一，就是抓蒼蠅放在透明的玻璃瓶內來玩。因為玻璃瓶是透明的，所以蒼蠅以為是無障礙空間，便四處亂飛、四處撞瓶。看得我們哈哈大笑。

　　現在長大了，才知道玻璃瓶內蒼蠅的悲哀，它看似一片光明，卻是無路可走。

人們也是一樣：「理想與實際、目標與能力、方向與工具」都存在著很大的差距。透明的玻璃是我們的盲點，只要盲點沒有突破，任我們再大的努力都是徒勞無功的。

　　想一想！我們有盲點嗎？我們的盲點是什麼？

# 迷宮

現在很多遊樂區，都設有迷宮。

走迷宮最大的挑戰是我們正向未知數前進，隨時可能碰壁，也隨時可能通過。

人的一生，正是一座很大的迷宮，我們不管在學業、工作或感情上隨時都會東碰西碰、走走停停，也常常為走錯的一段路，付出慘痛的代價，因而懊悔不已。

我們最常說的一句話：「若讓我人生重來，我絕對不會這樣做。」可惜為時已晚，因為「演戲可以彩排，人生不能重來」。

我們若在迷宮的正上方裝設一座「俯望鏡」，那我們一定可以把該走的路，看得很清楚，就不需要浪費工夫走冤枉路了。

不想走冤枉路嗎？趕快尋找我們的「俯望鏡」。

　「俯望鏡」就是我們身邊有足夠誠意與勇氣點出缺失的人，也是有足夠的智慧與能力能指引我們人生方向的人。

　Who is he？有無碰到he，就看我們的誠意了！

# 3B3W

　　只有兩件事是無限的：宇宙與創意。

　　創意有多大，世界便有多大。一個沒有創意的人，永遠是被領導的。

　　創意代表權利範圍、創意代表事業規模、創意代表生存期間。

創意的3B3W

3B：BED（床鋪）　　BATH（洗澡）
　　BUS（旅途）

3W：WALK（散步）　W.C.（蹲廁所）
　　WALTZ（輕音樂）

　　天馬行空的馳想，不著邊際的遐
思，無拘無束的神遊，都是開創你創
意的方法。

　　善導你的想像空間，描劃你的生
活版圖！

　　這個世界是個創意領導的世界！

# 比手勢

　　同樣是比手勢；比拇指，會得到對方的微笑招呼。比中指，會招致對方的憤怒追打。

同樣的動作，卻產生完全不同的結局。

言行舉止亦然，你可能是疏忽，你可能是無心；但若無法給對方帶來正面的感覺。那你就是比錯手指頭了。

# 老人與狗

　　不久前，攀登台中大坑山時，在一號步道的登山口，遇到一隻狗；這隻狗起先跟我保持很大的距離；我走牠也走，我停牠也停，永遠在我後方20公尺的地方。

　　後來牠發覺我對牠很友善，於是牠便慢慢縮短「我跟牠」的距離；到了山頂的時候，牠已經在我的腳下搖尾巴了。

人與狗之間的關係，都可以建立在
「善意的互動」，何況是人與人。
勿怪別人對你不友善，只怕自己沒
有「先釋出善意」的訊息。
人與人之間的關係是互動的。
人與人之間的包容是互相的。

073

# 水煮蛋

　　任何人都知道，要用水煮蛋，一定
要在水溫還是冷的時候便放蛋下鍋。否則
一旦水開了再放蛋，那蛋殼一定會破裂。

持續的慢慢加溫和潛移默化的影
響，那效果一定是最好的，也才能
把事情做到盡善盡美，達成目標。
可惜現代人急功近利，凡事不肯深
耕，便要求收割。到頭來反而造成
很多副作用與反效果。

成功的方程式是漸進式的。它有一
定的方式與時間，它需要苦熬與等
待。

　　不瞭解成功過程的人，可以回家
試試水煮蛋！

# 圍棋

　　很久以前看林海峰下圍棋，往往為了一個棋子，就花費了10小時去思考。那個時候大惑不解：「浪費這麼多的時間才下了一子，效率豈不太低了。」

　　我現在常把「下圍棋」驗證在公司的運作，才豁然開朗的領悟，「　原來思考是為了順利執行。思考周詳，執行起來就會非常順利；思考不周，做起事來就狀況百出」。

預防的成本花一塊錢；謀求補救的
費用則需10元。

謀而後動則諸事順利。且戰且走，
則屢嚐敗績。

箭在弦上，可以慢慢瞄準目標再發
射，當然能百發百中。胡亂射箭，
不但浪費武器，無法制敵，且又暴
露出自己的行跡，以致引來殺機。

思考是成功之母，少了完整的思
考，就像少了方向舵的船航行於海
中，它只能在海上打轉，一直到油
料耗盡仍無法到達目的地。

# 喝海水

報載某人因沉船而漂流在海上數十日，他以雨水沾唇，尿水解渴，就是不喝海水。結果他不喝海水的忍耐功夫救了他一命。

或許有人會問，喝海水有什麼關係？殊不知，喝下一公升的海水，就必須排掉體內兩公升的水分。所以越喝越渴。越喝體內的鹽粒越多，終會很快脫水而死。

很多人做事都是沒有原則，便宜行事。這種短利的不擇手段行為，就如同喝海水一樣，其滿足點只有在喝的那一刻，隨後便是逐漸失血，大難臨頭了，我們是否有長遠的眼光去拒喝海水？想開悟嗎？喝一天海水看看吧！

# Timing

　　常常看到時下的年輕人，把頭髮剪短得有如「軍中的小平頭」，看起來既年輕又帥氣（孫興、董至成等）。

　　於是在上個月，也設法去剪個孫興頭，不料，「造型」以後，既不年輕，也不帥氣，活像部隊的「老芋仔」。

　　原來，小平頭是要搭配年輕的面孔，活力的身軀，矯健的動作。小平頭看來才會帥氣。

　　如果，小平頭搭配的是滿臉贅肉的臉孔，腫胖的身材，遲緩的手腳，小平頭看來就是老芋仔。

適當的時機做適當的行為，此行為
會有「加分」效果。否則就會產生
「減分」效應。

Timing是重要的關鍵；適時的一個
關切，使人感動。

過時才來的關心，令人感到虛假。

適時的一個措施，叫做預防，過時
的動作，叫做善後。

懂得「什麼時機，做什麼事」的
人，叫做「審時度勢」。

不懂得「什麼時機，該做什麼事」
的人，叫做「橫柴入灶」。

# 螃蟹

秋高楓紅蟹肥。中國文人自古以秋蟹配佳釀，為吟詩的好題材。

有趣的是，螃蟹有八隻行走的腳，配上兩隻會箝人的螯，為什麼不是兩隻行走的腳配上八隻箝人的螯呢？

因為動物的「生存教戰手則」的黃金定律是8：2。

8是指求生的過程之中，需用8分力量來覓食、來求偶、來運動、來生長、來避難。

2是指在求生的過程之中，需要2分力量來抗敵、來廝殺、來纏鬥。

人生何嘗不是一樣，一個「努力
上進、樂觀進取、不記仇恨、勇往直
前」的人才會成功。

　　假若有人把十分之八的時間用來
與人爭辯、報仇、對抗，那麼此人的
精力都會自我耗盡的，如何開創人
生？

　　記住，8：2。

# 骨牌

目前倒骨牌的世界紀錄是1,138,101
片，由荷蘭30位科技大學學生於1988年1
月2日所締造的。

骨牌是利用連鎖反應，把自己破壞
的能量延伸到別人身上。這股破壞力是大
自然界淘汰物種的法則。

要防止倒骨牌的連鎖反應，只有兩
個辦法：

1. 其中某片骨牌屹立不搖，成為大
   家的救星。
2. 其中某些地方空白，不放置任何
   骨牌，則其惡性循環就戛然終
   止。

癌細胞會無節制的擴散，所以在初期便應加以撲滅。

當有一顆橘子爛掉了，一定要趕快把它從橘子堆中拿走，否則整堆橘子都會報銷。

當有一片玻璃被打破時，一定要趕快更新，否則全部的玻璃都會被打爛。

企業裡的害群之馬，其殺傷力是無限大的。他會破壞群體的氣氛，抹殺整體的績效。

個人的壞習慣亦然，往往是有一就有二，相隨而至，終至無可救藥，不能收拾。

# 領導

　　身為高階領導人，每天至少要挪出兩個小時「閒閒美代子」。

　　這兩個小時，是用來思考的，不拘題目，不設立場，天馬行空的發呆亂想。

　　領導人與被領導人最大的不同：

- 在於領導人視「閒閒」為最佳思考時間，

- 被領導人則趕快呼朋喚友，飲酒作樂聊天去也。

思考的重大迷思是，千萬不要想
出一件事或一個觀念，就急於去執
行，而是必須反覆在腦內咀嚼，把
「它」不時翻出來思索一番。

　　半年以後再把它當作一個「概
念」，一年以後再把它當作一個「架
構」。「急急如律令」可以用在一般事
務的行事效率。而不能套在領導者的
「突發奇想」或「概念消化」或「構思
執行」。

# 快樂三十年

　　台灣人平均年齡72歲，若想多活一「倍」子，即是144歲，當然是不可能。即便可能，那90歲到144歲之間，恐怕也都是躺在床上貽禍子孫吧！但從另一角度來看，我們有可能多活一輩子。

　　因為人生的精華是在15歲～65歲的50年。我們若及早「注重健康、保養身體、勤動四肢」，則延長10年壽命是可能的　；而且因身體健康，所以又比別人多出10年的「活動空間與健康品質」。若再加上去除憂愁，快樂過活，則又多出10年愉快人生。

10年(健康的多活10年)+10年(比別人有活動有品質的活著)+10年(比別人快樂的生活)＝30年(多的精華快樂人生)

# 魚缸的魚

王品中港店動工前，為了瞭解店內設備情形，遂與店長拿著手電筒逐樓查看。

此棟大樓，已長達半年為空屋狀態，該店為五層樓建築，在每層樓的樓梯轉角處，均設有魚缸。當場令人驚訝的是：魚缸的魚在「無電、無氧氣供應、無任何光線、無新水注入、無人餵食」的狀況之下，居然還有數條存活著，而且活得非常健康。

仔細再觀察研究，這些存活下來的魚，都是樸實無華、生命力強的品種。那些豔麗華貴，純供觀賞的魚，早就魂歸西天了。

人類也是一樣，「虛而不實、中看不中用、沒有能力內涵」的人，只能在順境中苟存，一遇環境惡化，這些人馬上就被淘汰了。

　　個人和事業都要培養自己「為人處世的實力、應變的能力、生存的耐力」，才能像那斷水斷電的魚缸的魚，繼續生存。

　　同志們，舉起右手，向這群魚致敬！

# 三思而後行

半國月前，在大坑步道的登山途中，發現有「善心人士」提供兩個麻布袋，掛在樹幹上，讓山友們丟棄垃圾之用。

我當時的第一個感覺是：「完蛋了，這裡即將成為垃圾堆了。」果然，上個禮拜再去，袋子已被垃圾擠滿，並且垃圾滿地為患。

任何事情都需要有配套措施，才可
以執行。善心人士提供麻布袋是
前段，他必須每天收取垃圾是後
段。

若無配套措施，而只有前段的舉
止，則對整體來說，反而是一種傷
害。

凡事不能輕啓承諾，因為任何承諾
都必須貫徹持續的去實踐。

# 食譜

最出名的食譜作者，是上一代的傅培梅，與這一代的梁瓊白。

這兩個人代表著五十年來的中國飲食風貌。

相信有很多人都會「照著食譜上的規定去採購食材、照著食譜上的說明添加調味料、照著食譜上的指示調整火候。」一切的一切，全部都依食譜上的指定步驟而照章烹調。

但是，煮出來的東西，卻不堪入口。

問題出在那裡？

理論與實際是兩碼子事。

理論可以很快學到，實務卻需要長
時間的紮實投入才能體會得到。

台上十分鐘，台下十年功。

「瞭解」與「能否做到」是兩回事。

內行看門道，外行看熱鬧。

思想上是「知難行易」，實務上是
「知易行難」。

不要只學人家的皮毛，就自誇自
大，不可一世。真正的精髓是看不
見的。

只有潛心學習、耐寂耐苦，才能獲
致最後的成功。

# 泥鰍

　　「抓泥鰍」是一首1980年代流行的民歌。但實際上泥鰍並不好抓。牠沒有蟹的大螯來抗拒，也沒有像烏賊的噴墨汁來逃避，更沒有像沙魚的利齒來嚇你，但牠就是不好抓。

　　因為牠全身外表分泌一層滑滑的黏液，讓你抓不到牠。所以牠才能綿延子孫，生存至今。

社會競爭激烈，生存一定要有條
件，我們或許沒有蟹的大螯、烏賊
的墨汁、沙魚的利齒，但卻一定要
有自己生存的法寶與方式。

仔細回想：「領導力、創造力、執
行力、潤滑力」，我們有那一力？

「可靠、可信、誠實、助人、 風趣、
恆心、吃苦」，我們又有那一種優
點？

　　如果以上都不具備。那我們可能
就是一隻無滑液的泥鰍。隨時準備待
宰吧！

# 跑百米

目前金氏世界紀錄的百米保持者是 Mr. Leroy Russel Burrell，美國人，於1994年7月6日在瑞士洛桑所締造的，時間是9.85秒。

9.85秒的跑百米世界紀錄，是60億人口在萬年以來的最快速度，它代表著人類體能的極限。Mr. Burrell因之擁有最高的榮耀與光彩。

小弟本人跑百米的時間是15秒，距世界紀錄只多花5.15秒。但我跑百米所花費的時間並不具任何意義。

　　任何任務，都必須在其特定的時間內完成，才有它的存在價值，否則便是白忙一場。不要常用「我有做啊！」來作為你誤時誤事的搪塞理由。

# 石油與水

在黎巴嫩，石油每20公升售價美金8元。水每20公升則售價40美元。換句話說，水比石油貴5倍。

物以「稀」為貴，鑽石比泥土貴，
是因為泥土多，鑽石少。

物以「需」為貴，假若有一天把地
球的石頭全部變成鑽石，則泥土一
定比鑽石貴了。因為泥土可以耕種
養活我們，而鑽石不能。

創造我們的「稀」與「需」，那我
們就會變成炙手可熱的人物了。

# 齊桓公的氣度

　　管仲欲殺齊桓公，因事跡敗露，沒有殺到。

　　後來鮑叔牙向齊桓公推薦管仲的治理長才，齊桓公仍然採納，重用管仲為宰相；從此齊國稱霸。

這種心胸，堪稱壯闊四海。

這種行為，全然民胞物與。

當我們碰到「與人過意不去時」，

想想齊桓公，便豁然開朗了。

# 舉手之勞

　　跟外國人吃飯時，對方常會請你把你面前的鹽罐PASS給他。

　　以前我總是很不習慣，因為他手伸長一點就拿到了，為什麼要麻煩我？

　　後來我終於想通了，原來「人家願意請你幫個忙，是對你的尊重」。

「請幫個小忙」，是人際溝通的開始。

禮尚往來，有去有還，就會有交情，也會有溝通。

「請幫個小忙」，是指舉手之勞就做得到的事。千萬不要誤判，若隨便把別人做不到的事去叨擾人家，那豈不是變成「眾人嫌」了。

# 煎魚

偶有機會下廚，感到最不拿手的菜就是「煎魚」，通常我都會把魚煎成「皮肉分家、屍骨異處、外焦內生」。一條魚都已犧牲生命了，還要被我蹂躪一番，真是可憐！

後來慢慢觀察媽媽煎魚的方法，她用溫火慢慢煎，且不常翻魚身，一定要等一面熟了，再輕翻另一面，所以她煎出來的魚，色香味俱全。

煎魚用溫火，就像我們處理事情用「溫柔的堅持」，為人態度以「潛移默化的影響」一樣；這種方式雖看不出神效，但卻是最根本，也是最有用的。

　可惜，世人往往沒有耐性去等待溫火的慢熬，而要求烈火直攻。且無恆心待其一面熟透再翻身，而慣用鏟子把魚翻來覆去。結果當然是慘不忍睹了。

　有些事情「不為就是為」，「慢就是快」，「小就是大」。

　開完會後，趕快回家煎魚，你就知道這個道理了。

# 目的與代價

　　做任何事情，都絕對存在著「目的」，此目的有單一的，有多方的。

　　做任何事情，都絕對要付出「代價」，此代價有便宜的，有昂貴的。

　　有些人率性而為，不做分析考量，就貿然去做，其後果往往是「代價」超出「目的」（譬如怕肥胖，長期吃減肥藥；譬如怕遲到，超速逆向行駛又闖紅燈）。

　　若在做了事情之後，把「目的」與「代價」逐樣秤重，一定會發現「早知如此，何必當初」。

情緒性的言行，未經大腦的果斷，人情包圍的應允，突發性的靈感，率性的反應，沒有評估的專案，毫無經濟概念的計畫，人云亦云的承諾；都存在著95%以上的「早知如此，何必當初」，另外5%的成功是因緣際會的獲得，而非吉人天相的先見。

　培養分析事情的習慣與能力。而且在「事前」，而非「事後」。

　若目的＞代價，則去做。

　若目的＜代價，則不能做。

　若目的≅代價，則再考慮。

# 鴨群

　　有一次我坐在飛機前排位置，所以是第一個下飛機的旅客。我提著手提箱，快步走向出口處，後面的旅客緊跟而來。當我走到出口處時乍見燈光暗淡，空無一人，心想必定是出口處又在施工了。

　　於是捨棄原出口，直接向前走，直走到旅客候機大廳，才發覺不對勁，回頭一望，但見後面的旅客全部居然全部跟上來，心中暗叫不妙，趕緊躲進廁所避難，後面的旅客才一哄而散，轉身走回原路出口，邊罵邊離去也。

鄉下人養的鴨群在移居時，常有一隻帶頭領軍，後面的鴨群遂盲目跟蹤而來。帶頭領軍的這隻鴨子，其實不見得知道要何去何往，只是牠較敢作決定罷了，於是牠便成為鴨群中的領袖。

　　人也是一樣，一般人都懼於作決定。因為作決定要負責任，於是大部分的人都會逃避作決定。有領袖魅力的人，則勇於作決定、勇於領導、勇於負責任。「作決定」是一種能力，它可由後天的行事態度來培養。

　　要成為領導者的人，不可不察。

# 橡皮筋

記得小時候的玩具有兩寶：橡皮筋和玻璃珠。

橡皮筋串成一條，可用來練跳高。繫在拇指、食指間，可用來射紙團。逐條彈出可打蒼蠅，橡皮筋可謂多功能的玩具。

偶有一條橡皮筋被閒置在抽屜角落一段時間，它便會逐漸失去彈性，終而蝕爛。常常在使用的橡皮筋，則會永保它的彈性和生命。

人的腦筋鍛鍊和能力培養，就有如橡皮筋一般：越用越好，越閒置越糟。潛力是無法累積的，只有不斷的磨練，才能不停的發揮。

# 狗與貓

　　狗每碰到一根電線桿，就以小便作記號，以宣示版圖。

　　貓每在大小便之後，便用後腳撥土掩蓋，以消滅自己的行蹤。

　　狗和貓是以極不同的方式在面對生存。狗是積極的宣示，貓則是消極的躲藏。

　　雖然牠們有著極大的差異，但狗和貓也都存活了幾萬年了。

每一個人，都有他自己的生存方式
與特色，只要把自己的方法與特色
好好發揮，便能夠見存於世。

每一個公司，也都有其最佳的發展
條件與特點，只要善於發揮，便能
使公司立於不敗之地。

有一種動物叫四不像，因為牠集合
了四種動物的外表，但卻沒有其功
能，因此快要絕跡了。

畫虎不成，反類犬。畫蛇添足，莫
名其妙。

天生我才必有用。對自己的信念要
堅持、對自己的信心要持續、對自己
的優點要肯定。不要懷疑，你是最好
的！

不要把自己弄成四不像。

# 時針

時針每12小時繞一圈，分針每1小時繞一圈。

但是你看得到它在動嗎？答案是：看不到。

默默耕耘的事情，往往是最有成
效的。潛移默化的力量，往往是影響
力最大的。

　　看不見的影響力才是最驚人的。
可惜人們往往淺見。現實、功利、無
耐心的人隨處可見，於是造就出一群
「馬上要見成效，否則免談」的人。不
但事事無成，連作為他的朋友，也常
被拖累、常被拋棄、常被出賣。

　　古有「揠苗助長」的故事，今有
「急就章」的人群。令人擲筆浩嘆！

# 第七感

當你睡覺時，熱了會踢被，冷了會拉被，被子不小心蓋住嘴巴，你會用手掀開。

蚊子叮時，會伸手去抓，雙手壓在胸部會作噩夢驚醒……

當你做這些事時，你知情否，不知也。

這就是第七感（第六感是指人清醒時的一種預感）。

第七感是人睡覺時，保護自己的
無意識行為。（初生嬰兒趴著俯睡時，
有無自己壓住鼻孔而窒息的？沒有！）
人類若沒有第七感，早就滅絕了。

　　仔細去觀察，第六感強的人，第
七感也較強，為人處事的態度也較有
感覺。

# 魚卵

　　每次吃日本料理，我一定會點「烤香魚」。因為烤香魚的卵特別多，每條魚約有十萬顆卵之多，占了香魚的大部分體積。

　　曾經想過一個問題，如果每條魚每次產的十萬顆卵都能存活，那麼豈不是大海裡面全部都是香魚了。

　　問題就在於小魚的存活率實在太低（可能只有萬分之一），於是母魚必須不斷的增加卵的數量，以保住魚種的延續。

我們處理事情也是一樣，往往在「經歷無數次的努力」、「嘗試各種可能成功的方法」、「遭遇到一波又一波無情的打擊」，然後才有收穫的一天。

　　林洋港先生曾說：「把不可預知的因素盡到最大的努力去預防，則成功的希望便增加了。」

　　香魚用的是「卵海戰術」，我們則需用「千錘百鍊」。

　　下次吃烤香魚時，且慢動筷，先拜魚為師吧！

# 汽車電瓶

　　出國的人常把汽車開到機場的停車場，然後拎著行李直接赴航空公司辦理出國手續。等到一個禮拜後回台，便去停車場開車，那知汽車無法發動，因為電瓶沒電了。

　　開車的人都知道，汽車每天發動，電瓶便會自動充電，一個電瓶在正常的狀況之下，可以用上一年。反之，若久不發動，電瓶便會逐漸腐蝕，失去功能。

我們身體的鍛鍊、能力的切磋、腦力的運用、心智的成長、為人處事的經驗學習，都和汽車電瓶一樣，要時時去發動、刻刻去運用，才能夠處於巔峰狀態，發揮潛力潛能的極致。

　　趕快轉動鑰匙，發動自己吧！

# 算術

當你在玩乘法時，千萬不要跟－（負數）玩在一起。因為你可能原已經累積到相當的數目了。一旦你跟負數乘在一起，你所累積的原有數目，將全部變成負數。

這個負數就是「做傷天害理的事」、「做缺德的事」、「做令人不齒的事」、「做讓子女視為壞榜樣的事」。當你在玩乘法時,千萬不要跟0(零)玩在一起,因為你可能原已經累積到相當的數目了,一旦你跟0(零)乘在一起,你所累積的所有數目,將全部變成0。

這個0就是「冒生命危險的事」、「賭博」、「好高騖遠的投資」、「做犯法犯罪的事」。

# 防沈艙

　　大船的底層，皆設有相當多隔間的防沈隔艙，目的在防止船身一旦被撞破裂，不至於沈沒，因為進水處不會禍延到其他船艙。

你有多少防沈艙？是否一件困難
就能把你擊垮？你有能耐把人生的困
境一一克服嗎？

# 蔬菜棒沙拉

　　王品的蔬菜棒沙拉，切出來的蔬菜棒，支支16公分×1公分×1公分，沒有一支例外。它的標準化憑藉的是「切蔬菜棒的標準亞克力棒」，所有店的每一位廚房同仁，都用同一支標準棒，所以它能控制產品的規格標準化。

　　如果我們只宣布蔬菜棒的規格是16公分×1公分×1公分，而沒有標準棒，切出來的蔬菜棒是否會統一？答案是否定的。因為每位廚師會憑自己的感覺來處理其長度，結果一定是支支不同。如果我們只量第一支的長度，然後一支一支的比對下去切，到最後的結論會是幾公分？相信大家都不敢想像。

標準是唯一的，是不能改變的，是不能打折的。我們的學習目標只能向「真正的標準」學習，否則會有偏差的。

　　如果我們仿效的對象是已有瑕疵的人，那我們可能邯鄲學步，越學越退，所以，邁開你的腳步之前，先認定你的對象與目標，你才不會越學越退，畫虎不成反類犬。

# 預感

當你舉起手掌,要打下蚊子前那一剎那;當你拿起拖鞋,要用力捶下蟑螂的前一秒鐘;當獵人瞄準樹上小鳥,要扣下扳機的那一瞬間。蚊子、蟑螂、小鳥都會為之一驚,然後脫逃而去。這就是上天送給每一生物的恩賜,叫做「預感」。

在大難臨頭或即將遭殃之前，空氣
中會瀰漫一股不安的氣氛，這股不
安的氣氛，就是「預感」。

沒有預感能力的人，就是後知後覺
的人，會慢慢的在群體之中，成為
墊底的人。

沒有預感能力的人，就是不知不覺
的人，會逐漸的被社會所淘汰。

如何培養預感能力：

1.多思考。

2.凡事設身處地為他人著想。

3.隨時要有危機意識。

4.多作領導人的磨練。

# 洗刀片

　　刀片髒了當然要洗，正確的洗法是以磨布順著刀片的兩面刷洗，刀片自然光亮乾淨，而且不會傷害到雙手。

　　有些人洗刀片，或者疏忽，或者故意的去洗刀的尖鋒，自然弄得皮破血流了。

同樣一件事情，有些人處理得乾
淨俐落，有些人卻處理得雞飛狗跳，
永無寧日。

　　對於後者，我希望這些人趕快去
洗洗刀片，領悟一些為人處事的技
巧。

# 聖誕紅

　　去年十二月買了兩棵盆栽的聖誕紅，至今已有四個多月的時間了，依然是紅葉燦爛，綠葉照人。

　　聖誕紅的每片嫩葉，都是以紅色來開展生命的旅程，所以每株聖誕紅的頂端都是鮮紅欲滴；等到後續的新葉發芽，原來的紅葉便逐漸換色，轉而成為綠葉了。所以聖誕紅永遠都是眾多的綠葉陪襯少數的紅葉。

長江後浪推前浪，江山代有才人
出。

沒有後浪來推，前浪那會前進。

最佳女主角，換人做做看（主角變
配角是時勢，而非意願）。

任何時間、任何角色，都有自己不
同的戲碼要演出。

沒有人永遠是主角。要強佔住主角
席位的人，皆會把好戲拖成壞戲，
把好事變成壞事的。

當輪到你上台演戲時，就依照腳本
和角色好好的演出。

當下台的時間到了，你就得下台。

這不是殘酷，而是自然的法則。

# 慎言

　　若有人當面告知你的缺點時，你或許一時之間會顯得沮喪。

　　但是當你從第三者口中聽到有人在背後批評你時，你必然會顯得非常生氣，而不是沮喪而已。

聽到自己的缺點時，沒有人會真正
「聞過而喜」的。當你聽到自己的
缺點時，會顯得不高興，這是正常
的。

當面被批評，事後常會感謝批評
者。

背後被批評，事後常會痛恨批評
者。

同樣一句話，講的時機與對象不
同，常會有完全不同的結局。

謹言慎行，不要常常忙著為自己的
不當言詞善後。

# 路邊攤的洗碗水

　　路邊攤的洗碗水有三桶。第一桶是濁水，第二桶是肥皂水，第三桶是清水。

　　若把三桶水集合倒在一起。洗出來的碗，必定是又髒又有肥皂味。

我們處理事情也是一樣：第一桶
過濾「是或非、善或惡、取或捨」，第
二桶組織、計畫、執行，第三桶改進
和完成。

　　若不能分「輕重緩急，是非善
惡，取捨無方」，則會把人生弄得一塌
糊塗。

# 黃河決堤

　　每年春夏之交，黃河上游雨水大增，往往造成河堤潰決。

　　這時中共解放軍便隨時待命，以便在剛要決堤的那一瞬間，進行補救工作。因為錯過這一刻，便會江河日下，不可收拾。河水的力量將會沛莫能抵，無人能救。

一個人的失勢和一個公司的頹勢，也都必須在發生輕微細節的那一刻，便馬上進行補救和更正。否則兵敗如山倒，無人能救。

　小事端就是大禍害的開始，要防止大禍害，必須在小事端發生的那一刻便進行補救。我們若輕視小事端的重要性，便不會成為一個成功的人。

# 蔭井

排水溝每隔50公尺距離，便要有一個1公尺見方的小池，以便沉澱水溝內的雜物。這個小池就是蔭井。蔭井方便清理溝內雜物，也保障水溝暢通。

人也要在忙碌一陣子後，靜下來思考自己的腳步。優點保持，缺點改進。過濾心靈，整裝出發。

# 逆向思考

任何電視台，均需有廣告收入才能生存。除非它是政府資助的公共電視台。

HBO卻是唯一的例外，它全天候的播放影片，完全沒有廣告，它靠什麼生存？答案是：「HBO就是靠著沒有廣告在生存。」因為它沒有廣告，形成受觀眾歡迎的條件，於是有線電視系統只好付費給HBO，向它買頻道來播放。

逆向思考，往往能化劣勢爲優勢。
充實自己，隨時準備讓別人利用。
好條件往往不是與對手談判而來，
而是由基礎自然形成的。

# 砂糖與農藥

日昨友人贈送一把「沒有噴農藥的荔枝」。果農因要自己食用，所以這些荔枝噴「牛奶與砂糖」，來代替「農藥」。

因為蜘蛛和蟲蟲有吃不完的甜食，於是就毫無節制的吸吮，直到肚子爆開為止（愛吃鬼、活該）。

蜜餞與毒藥只是一線之隔。驕寵與
摧殘莫非也是同義詞。

過度保護＝形同放棄。

溫室花朵＝朝不保夕。

一個行為有節制的中庸之士，既須
「適度的接受獎賞」，也能「適切的
面對打擊」。

# 蒼蠅與駱駝

　　聽到「蒼蠅與駱駝」的故事：一隻蒼蠅附在駱駝身上，不費力氣的就橫渡沙漠了。到達目的地後，蒼蠅飛起來了，並對駱駝說：「我已飛離你的背上了，你從此可以減輕很多重量了。」

蒼蠅自我膨脹：牠有否附在駱駝身
上，駱駝並無感覺。

蒼蠅「得了便宜還賣乖」：牠附在
駱駝身上，不費氣力就到達目的
地。但不懂感激，還占盡便宜，講
盡風涼話。

很多人也有「自我膨脹」、「得了
便宜還賣乖」的習性。個人應多加
檢討：

看看是否有「忘了我是誰」的自大。

看看是否有「忘了你是誰」的自視。

# 一百二十年的餐廳

曾去過一家120年的老餐廳，餐廳裡面有兩位老的男服務生，大約70歲左右，他們從16歲就在該餐廳服務，因此把服務客人視為最高的職責與榮耀。

我們剛進該餐廳時，因每道阿拉伯菜都很難吃，因此每出一道菜，我們便用揶揄的玩笑諷刺著大叫：「哇……啊！」

該兩名老服務生誤以為我們喜歡吃，遂很興奮的手舞足蹈起來，忙進忙出的把廚房內的食物拚命搬出來饗宴我們，我們不得不努力的吃，但我們吃越多，他們搬出越多，直到賓主盡歡為止。每一個人都需要被肯定與鼓勵，越被肯定越用心，越被鼓勵越努力。

有人把工作視爲負擔，有人把工作
當作享受。
前者日日難過，後者天天愉快。
人際關係像是打火石，互相用心，
才會打出火花。

# 董事長，愛說笑：品味生活，快意人生

2000年12月初版　　　　　　　　　　　定價：新臺幣220元
2009年10月初版第十六刷
2010年4月二版
2014年2月二版十刷
有著作權・翻印必究
Printed in Taiwan.

| | | |
|---|---|---|
| 著　者 | 戴勝益 | |
| 發行人 | 林載爵 | |

| | | | | |
|---|---|---|---|---|
| 出　版　者 | 聯經出版事業股份有限公司 | 責任編輯 | 林芳瑜 |
| 地　　　址 | 台北市基隆路一段180號4樓 | 封面設計 | 紀健龍 |
| 台北聯經書房 | 台北市新生南路三段94號 | | 王亞棻 |
| 電　　　話 | ( 0 2 ) 2 3 6 2 0 3 0 8 | | |
| 台中分公司 | 台中市北區健行路321號1樓 | | |
| 暨門市電話 | (04)22312023、(04)22302425 | | |
| 郵政劃撥帳戶第0100559-3號 | | | |
| 郵撥電話 | ( 0 2 ) 2 3 6 2 0 3 0 8 | | |
| 印　刷　者 | 世和印製企業有限公司 | | |
| 總　經　銷 | 聯合發行股份有限公司 | | |
| 發　行　所 | 新北市新店區寶橋路235巷6弄6號2F | | |
| 電　　　話 | ( 0 2 ) 2 9 1 7 8 0 2 2 | | |

行政院新聞局出版事業登記證局版臺業字第0130號

國家圖書館出版品預行編目資料

董事長，愛說笑：品味生活，
快意人生 / 戴勝益著．
--二版 . --臺北市：聯經，2010.04
156面；11.2×17.2公分．
ISBN　978-957-08-3597-7(精裝)
[2014年2月二版十刷]

855　　　　　　　　　　　　99005855

# 聯副文叢系列

# 生活視窗系列